Sombras de Mi Verdad

◆

Adriano Alamia
Versión Español

Este libro está dedicado a todos los niños y niñas en el viaje para encontrarse a sí mismos.

En un mundo donde el autodescubrimiento puede ser sinuoso y empinado, recuerda que cada paso es un testimonio de *tu* fuerza y coraje.

No estás solo en tus luchas; dentro de estas páginas, puedes encontrar ecos de tu propia historia; debes saber que eres amado, valorado y digno de cada momento de felicidad y aceptación que buscas.

Que encuentres consuelo, inspiración y un recordatorio de que tu verdad *es* hermosa; en la sinfonía de la vida, tú y tu voz importan.

Tabla de contenidos

La verdad tácita

El sol se estaba poniendo mientras me dirigía a casa desde la escuela, proyectando largas sombras en las aceras de nuestro tranquilo vecindario suburbano; Cada paso se sentía pesado, agobiado no solo por el peso físico de mi mochila sino por los pensamientos que se arremolinaban caóticamente en mi mente; fue en esos momentos, durante el solitario camino a casa, que me encontré atrapada en un mundo propio, un mundo en el que cada mirada en el espejo planteaba preguntas que no podía responder, miedos que no podía expresar.

Nuestra casa, un modesto pero acogedor edificio de dos pisos, se encontraba en la esquina de Maple y Fifth, nuestro hogar desde que nací, y sin embargo, se sentía como una fortaleza, manteniendo mi verdadero yo encerrado lejos del mundo; Mamá estaba en la cocina, con las manos ocupadas preparando la cena, mientras que Emily, mi hermanita, estaba tendida en el suelo de la sala, con la atención fija en un dibujo animado que se reproducía en la televisión; Su risa, desahogada, llenó la habitación.

– ¿Cómo te fue en la escuela, Alex? — preguntó mamá cuando entré en la cocina; su voz se llenó de genuino interés, pero sus ojos, cansados por largas horas de trabajo, contaban una historia propia, una historia de resiliencia, de una mujer que había reconstruido su vida pieza por pieza después de que papá nos dejara.

"Fue... Está bien", respondí automáticamente, la misma mentira que le decía todos los días; La verdad era que la escuela era cualquier cosa menos buena: un laberinto de confusión, de palabras susurradas y miradas de reojo que me dejaban sintiéndome más alienado que nunca; Hoy fue particularmente duro, después de haber escuchado una conversación entre unos chicos del equipo de fútbol en el pasillo, una broma cruel sobre que el "chico nuevo" era gay; Su risa resonaba en mis oídos, un doloroso recordatorio del secreto que ardía dentro de mí.

La cena fue tranquila; Mamá hablaba de su día en el trabajo, tratando de mantener una apariencia de normalidad, pero sus ojos cansados a menudo se desviaban en sus pensamientos, Emily parloteaba sobre su día en la escuela, felizmente inconsciente de la tensión que flotaba en el aire; Empujé la comida en mi plato, mi apetito robado por la confusión en mi cabeza, queriendo acercarme, contarles todo lo que me estaba destrozando por dentro, pero las palabras, como prisioneras dentro de mí, confinadas detrás de un muro de miedo e incertidumbre.

Más tarde, en la soledad de mi habitación, me tumbé en la cama, mirando al techo, con la oscuridad que parecía envolverme y una manta reconfortante que me ocultaba de las miradas indiscretas del mundo y mis pensamientos vagando hacia los rincones más oscuros de la posibilidad; La idea de revelar mi verdad era aterradora; el peso del secreto que llevaba me aplastaba lentamente, robando el aire de mis pulmones, la alegría de mis días.

Pensé en mamá, en sus luchas y sacrificios, en la forma en que había mantenido unida a nuestra familia en los momentos más difíciles; La idea de aumentar sus cargas era insoportable; ya había perdido tanto, ¿cómo podía causarle más dolor? Tenía dos opciones imposibles: seguir viviendo una mentira o arriesgarme a la destrucción del único mundo que conocía.

Cuando el sueño finalmente me reclamó, deseé una vida diferente, un yo diferente, uno en el que estas opciones no existieran, en el que pudiera ser "Alex" sin miedo, dolor o secretos... Sabía que era solo un deseo, algo fugaz y escurridizo, como sombras en la noche.

Ecos y susurros

El sol de la mañana apenas se filtraba a través de las densas nubes de camino a Westridge High; la ruta familiar, que alguna vez fue un camino de rutina, ahora se sentía como una marcha hacia un campo de batalla con cada paso, un recordatorio de la fachada que tenía que mantener, la máscara que tenía que usar.

Al cruzar las puertas de la escuela, pude sentir el peso de cien ojos, cada uno de los cuales era una amenaza potencial, un juez posible; Mantuve la cabeza gacha, tratando de mezclarme con el mar de estudiantes en los pasillos abarrotados, sintiéndome aislado como siempre, en una isla en una corriente de charlas y risas descuidadas.

En mi casillero, escuché una conversación que hizo que mi corazón se hundiera: "Oye... ¿Has oído hablar de Tyler, amigo?... Salió del armario con sus padres el fin de semana pasado", dijo un hombre, con una mezcla de sorpresa e incomodidad en sus palabras; "No puedo imaginarme haciendo eso", respondió otro, con un juicio subyacente. Tyler era un año mayor que yo, alguien a quien apenas conocía, pero su coraje era inspirador y aterrador, un duro recordatorio de la elección que tenía ante mí, una elección que no estaba lista para hacer.

Mi primera clase fue de inglés, una asignatura que normalmente disfrutaba, pero hoy no estaba de humor; Ni siquiera las palabras de los grandes poetas pudieron distraerme de mi agitación; nuestra maestra, la Sra. Thompson, notó mi distracción: "Alex, ¿está todo bien?", preguntó después de la clase, su preocupación era evidente. "Todo está bien...

solo cansada —mentí, evitando su mirada—; la verdad era un lujo que no podía permitirme.

El resto del día transcurrió en una neblina: las clases, los rostros y las voces se fundieron en una sola corriente de ruido, interrumpida solo por los susurros resonantes que parecían seguirme dondequiera que iba; a la hora del almuerzo en la cafetería, me sentaba solo, mi lugar habitual en un rincón ofrecía un refugio, observando a mis compañeros de clase, sus vidas aparentemente tan simples, tan desalentadas; Cómo los envidiaba, su capacidad de ser ellos mismos sin miedo, sin duda.

Cuando sonó la campana final, señalando el final del día escolar, sentí una sensación de alivio; Duró poco, ya que el camino a casa fue un viaje de regreso a mis pensamientos, miedos y verdades no dichas; Incluso el cielo gris reflejaba mis emociones, una mezcla perfecta de melancolía e inquietud.

El día se repitió en mi mente mientras yacía en la cama: el coraje de Tyler, los susurros en el pasillo y la mirada preocupada de la señorita Thompson. Me sentía atrapada en un ciclo de miedo y dudas; La idea de salir del armario y revelar mi verdadero yo era una perspectiva aterradora; La carga de mi secreto se estaba volviendo insoportable, atrapada en las sombras de mi verdad, un lugar donde la luz parecía estar fuera de mi alcance.

Cuando el sueño finalmente me abrazó, me pregunté si alguna vez habría un día en el que pudiera salir de estas sombras, en el que pudiera ser yo mismo sin miedo; en lo más profundo de mi corazón, sabía que ese día aún era un sueño lejano.

Un reflejo frágil

La luz de la mañana se filtraba a través de mis cortinas, proyectando un pálido resplandor sobre mi habitación; Al despertar, miré fijamente al techo, cada grieta y pliegue era una imagen familiar; Como todos los días, tenía que usar la máscara que ocultaba mi verdadero yo, una máscara que se volvía más sofocante con cada momento que pasaba.

El desayuno fue un asunto tranquilo. Mi mamá parecía preocupada con sus pensamientos, sus líneas de preocupación eran más pronunciadas que nunca. Emily parloteaba sobre su proyecto escolar, ajena a la tormenta silenciosa dentro de mí. Escuché a medias, mi mente tumultuosa por el miedo y el anhelo, anhelando una vida en la que pudiera ser yo misma sin juicio ni miedo.

Mientras caminaba hacia la escuela, pasé por el viejo patio de recreo donde solía jugar con mis amigos: esos días despreocupados parecían un recuerdo lejano ahora, un tiempo antes de que me diera cuenta de la verdad sobre mí mismo. Los columpios crujían suavemente con el viento, un sonido melancólico que se hacía eco de mi agitación interior.

En la escuela, el ritmo del día se desarrollaba en su patrón familiar, una cadencia reconfortante en medio del mar de cambios en mi vida. Cuando entré en la clase de matemáticas, se presentó un nuevo desafío: nos asignaron proyectos grupales y el destino me emparejó con Jake.

Jake era el tipo de persona que parecía sentirse a gusto en cualquier situación. Con su sonrisa fácil que iluminaba la habitación y una actitud segura tan natural para él como respirar, navegó por las complejidades de la vida de la escuela secundaria con una gracia envidiable. Él era la encarnación de todo lo que a menudo deseaba ser. Su risa era genuina y contagiosa, y sus interacciones con los demás estaban marcadas por una fácil camaradería que atraía a la gente hacia él.

Trabajando junto a Jake en clase, me sorprendió una mezcla de emociones. Había una admiración innegable por la forma en que abordaba los problemas con una mente relajada y analítica, desglosando ecuaciones complejas con claridad y facilidad, haciendo que todo pareciera simple. Su capacidad para comunicar ideas y articular pensamientos era perspicaz y atractiva, algo que respetaba profundamente.

No pude evitar sentir una punzada de envidia en su presencia. Jake representaba una sensación de normalidad, un camino directo a través del viaje a menudo tumultuoso de la adolescencia. Se movía por los mismos pasillos y se sentaba en las mismas clases, pero la facilidad con la que lo hacía contrastaba marcadamente con las batallas internas a las que me enfrentaba a diario. Su mundo parecía libre de las sombras que me seguían, libre del laberinto de dudas y miedo que navegaba en mi mente.

Mientras trabajábamos juntos, discutiendo nuestro proyecto, su ocasional puñetazo en el hombro o broma casual me recordaba la camaradería que anhelaba experimentar plenamente. La capacidad de Jake para ser él mismo, sin remordimientos y libremente, era un faro de lo que anhelaba: una vida ensombrecida por la necesidad de ocultarse. Podía ser tan abierta y auténtica como él lo era en esta vida.

En esos momentos, el aula se convirtió en un microcosmos del mundo más amplio en el que estaba aprendiendo a navegar. Jake, a su manera involuntaria, era más que un compañero de proyecto; era un espejo de las posibilidades de abrazar el verdadero yo, un ejemplo vivo de la facilidad y la aceptación que esperaba encontrar.

Durante el almuerzo, me senté solo en mi mesa habitual, mis pensamientos consumidos por el proyecto con Jake. Lo vi al otro lado de la cafetería, riendo y bromeando con sus amigos. Por un momento, nuestras miradas se cruzaron y él hizo un gesto casual. Fue un gesto simple, pero me dejó con una sensación de anhelo, un deseo de ser parte de ese mundo, de ser visto como un tipo más, no como alguien cargado con un secreto.

Las clases de la tarde se prolongaban, cada minuto se extendía más que el anterior. Cuando sonó la campana final, sentí una sensación de alivio y un temor creciente. El proyecto con Jake significaba pasar más tiempo con él, una perspectiva emocionante y aterradora.

En casa, me retiré a mi habitación, el único lugar para quitarme la mascarilla y respirar. Me senté en mi escritorio, mirando la página en blanco que tenía ante mí, el proyecto con

Jake asomándose sobre mí como una sombra. La idea de trabajar en estrecha colaboración con él y potencialmente revelar mi secreto me envió oleadas de ansiedad.

Mientras estaba acostada en la cama esa noche, reflexioné sobre los eventos del día: el proyecto con Jake, la conexión momentánea, el miedo constante de ser expuesta. Mi mente era un torbellino de emociones, cada una de las cuales me hundía más en la incertidumbre. El reflejo que vi en el espejo era frágil, una fina capa que ocultaba la confusión interior.

Mientras el sueño me envolvía, me aferraba a la esperanza de que algún día encontraría el coraje para romper el espejo y salir de las sombras y entrar en la luz. Pero por ahora, permanecí oculto, cautivo de mi verdad tácita.

Ondulaciones en aguas tranquilas

La mañana me recibió con un cielo gris, las nubes colgando bajas como si reflejaran mi estado de ánimo. Mientras yacía en la cama, los ecos de los pensamientos de la noche anterior aún persistían, proyectando una sombra sobre el comienzo del día. La perspectiva de trabajar con Jake en el proyecto fue una fuente de ansiedad y una emoción inesperada.

En el desayuno, mamá parecía más atenta que de costumbre. – Pareces callado estos días, Alex. ¿Está todo bien en la escuela?", preguntó, sus ojos buscando una pista en los míos. Me encogí de hombros, ofreciendo una respuesta evasiva. La verdad era un laberinto que no podía navegar, ni siquiera con ella.

De camino a la escuela, mi mente repitió los posibles escenarios de interacción con Jake. ¿Se daría cuenta de la inquietud detrás de mis sonrisas? ¿El nerviosismo en mi risa? La caminata se sintió más larga de lo habitual, cada paso cargado de aprensión.

En la clase de inglés, la Sra. Thompson anunció una sesión de lectura de poesía para la próxima semana, una oportunidad para que los estudiantes compartan sus poemas o creaciones favoritas. Expresarme a través de la poesía era una idea tentadora, una oportunidad para expresar mis sentimientos sin revelar su origen. Sin embargo, el miedo a la exposición, a leer entre líneas, me frenó.

Durante la pausa para el almuerzo, encontré un lugar apartado debajo de un árbol, un pequeño santuario de la cafetería abarrotada. Saqué mi cuaderno, las páginas en blanco eran atractivas pero intimidantes. Las palabras empezaron a fluir, un poema que tomaba forma, un reflejo de mi mundo interior; Las palabras eran crípticas, veladas en metáforas, pero eran mi verdad, pronunciadas en susurros sobre el papel.

Esa tarde fue la primera reunión con Jake para nuestro proyecto en la biblioteca, rodeada de estantes de libros, cada uno con un mundo propio; Sus ideas eran claras y concisas; junto a él, me llamó la atención su autenticidad, una cualidad que admiraba. Nuestra conversación fue casual, pero de vez en cuando, nuestras miradas se cruzaron y sentí una sacudida de conexión que iba más allá del proyecto.

Caminando a casa, el poema en mi bolsillo se sentía como un compañero secreto, un testigo silencioso de mi verdad oculta: las palabras que había escrito resonaban en mi corazón, un pequeño faro de luz en la oscuridad de mis miedos.

Traté de dormir, pero los acontecimientos del día se arremolinaban en mi mente. El proyecto con Jake, el poema escondido en mi cuaderno, el anhelo de comprensión. Mi corazón era una maraña de emociones, cada una de ellas una onda en las tranquilas aguas de mi existencia, un pequeño paso, una voz vacilante en el vasto silencio de mi verdad tácita.

El sueño llegó lentamente, y en mis sueños, me encontré pronunciando las palabras de mi poema en voz alta, mi voz sin miedo; Fui visible, escuchada y comprendida, una visión fugaz de un mundo que anhelaba, donde podía ser yo misma, sin sombras, sin miedo.

Aguas inexploradas

La mañana era tranquila, el vecindario seguía dormido mientras me dirigía a la escuela. El aire era fresco, un heraldo del invierno que se acercaba. Con cada respiración, sentía que estaba inhalando un poco de coraje, una pequeña dosis de fuerza para enfrentar el día.

El poema que había escrito estaba en mi mochila, junto a mis libros de texto. Se sentía como un tesoro escondido, una parte de mí que era a la vez vulnerable y poderosa. La idea de compartirlo en la sesión de lectura de poesía tiró de mi corazón, un pensamiento tentador pero aterrador.

Durante la clase de historia, mi mente no se desvió hacia las batallas y revoluciones del pasado, sino hacia mis luchas internas. La historia que estábamos aprendiendo se sentía distante e irrelevante en comparación con mi confusión. Dibujé distraídamente en los márgenes de mi cuaderno imágenes que reflejaban el caos de mis pensamientos.

A la hora del almuerzo tuvimos un encuentro casual con Jake en el pasillo. "Oye, Alex, ¿cómo va el poema?", preguntó con un codazo amistoso. Su conocimiento de mi escritura me sorprendió. "Está bien, supongo", respondí, tratando de disimular mi sorpresa. Él sonrió, "Deberías compartirlo en la lectura. Apuesto a que es genial". Sus palabras sencillas y alentadoras me dejaron con emociones encontradas: esperanza, miedo y un sentido de conexión.

La tarde la pasamos en la biblioteca, trabajando en el proyecto con Jake. Nuestra conversación fluyó más rápido esta vez, la incomodidad inicial dio paso a un ritmo cómodo. Nos reímos y compartimos ideas, y olvidé momentáneamente las barreras entre nosotros. Fue un atisbo de normalidad, un breve respiro de mi soledad habitual.

A medida que el día se acercaba a su fin, el peso de mi secreto se sentía más pesado, más opresivo. El poema que llevaba en la mochila era un recordatorio constante de la elección a la que me enfrentaba: permanecer en silencio o decir mi verdad, aunque fuera con palabras veladas.

En casa, encontré a mamá en la cocina, con una expresión más sombría que de costumbre. —Tenemos que hablar, Alex —dijo ella, con la voz entrecortada por la preocupación—. Mi corazón se hundió. ¿Se había dado cuenta de mi comportamiento distante, de mi agitación interior? Me preparé para una conversación que no quería tener.

Nos sentamos a la mesa de la cocina, el entorno familiar se sentía como un territorio desconocido. —Me he dado cuenta de que has estado callada y retraída —empezó a decir mamá, con los ojos clavados en los míos—. "¿Hay algo que te moleste? ¿Algo de lo que quieras hablar? Sus palabras fueron suaves, pero me impactaron como un trueno. Estaba en una encrucijada, tambaleándome al borde de la revelación.

La miré, con las palabras en la punta de la lengua. Pero el miedo me detuvo, una fuerza poderosa que mantenía mi verdad encerrada. "Son solo cosas de la escuela, mamá. No hay nada de qué preocuparse", mentí, sintiendo una punzada de culpa. Ella asintió, aunque me di cuenta de que no estaba del todo convencida. El momento pasó, pero las palabras no pronunciadas flotaban como una tormenta silenciosa.

Los acontecimientos del día se repitieron en mi mente mientras yacía en la cama esa noche. El encuentro fortuito con Jake, la conversación con mamá, el poema no compartido. Estaba navegando por aguas desconocidas, cada día un paso hacia lo desconocido. El poema fue un faro en la oscuridad, un paso pequeño pero significativo hacia la búsqueda de mi voz.

Mientras el sueño me reclamaba, soñaba con estar de pie en la lectura de poesía, mi voz clara y fuerte, mis palabras resonando en la habitación. En el sueño, ya no era una sombra, sino una persona de pie en su luz, sin miedo ni vergüenza.

Revelaciones veladas

El alba amaneció con un tapiz de tonos rojos y naranjas, pintando el cielo con la promesa de un nuevo día. Sin embargo, la belleza de la mañana hizo poco para aliviar la agitación que se agitaba dentro de mí. Hoy era el día de la sesión de lectura de poesía, y la decisión de compartir mi poema se cernía sobre mí como una ola imponente, lista para caer.

El camino a la escuela era borroso, mis pensamientos estaban consumidos por la inminente elección. El poema, guardado de forma segura en mi mochila, se sentía como una bomba de tiempo, en cuenta regresiva para un momento de revelación o retiro.

En las primeras clases, apenas estaba presente, mi mente vagaba por el laberinto de posibilidades. ¿Qué pasa si comparto mi poema? ¿Revelarían demasiado las palabras veladas, exponiendo la verdad que yo había guardado tan ferozmente? Las preguntas daban vueltas en mi cabeza, dejándome mareada de ansiedad.

Llegó la hora del almuerzo, y con ella, una sensación de inevitabilidad. Mientras me dirigía al auditorio, donde se iba a llevar a cabo la lectura de poesía, mis pasos se sentían pesados, cada uno de ellos un esfuerzo deliberado. Los pasillos se llenaron con el bullicio de los estudiantes, sus voces eran un eco lejano de los latidos de mi corazón.

El auditorio era una mezcla de excitación nerviosa y conversaciones en voz baja. Encontré un asiento en la parte de atrás, mis ojos escudriñando a la multitud. Jake estaba allí, su presencia era una fuente de consuelo y nerviosa anticipación. Nuestras miradas se cruzaron y él ofreció una sonrisa alentadora, sin darse cuenta de la tormenta dentro de mí.

Los estudiantes subieron al escenario individualmente, sus voces resonaron en el vasto espacio. Algunos leían obras famosas, mientras que otros compartían sus creaciones, sus palabras eran una ventana a sus almas. Con cada minuto que pasaba, el momento de mi decisión se acercaba más.

Finalmente, el director de la escuela me llamó por mi nombre. Mi corazón se aceleró cuando me puse de pie, mis piernas me llevaron al escenario como si estuviera en piloto automático. El auditorio se quedó en silencio, todas las miradas puestas en mí. Respiré hondo, el poema en mis manos temblaba ligeramente.

Las palabras fluyeron de mis labios, cada línea era un velo cuidadosamente elaborado, ocultando y revelando simultáneamente. El poema hablaba de sombras, verdades ocultas y un anhelo. Era mi corazón desnudo pero envuelto en metáforas.

En el abrazo oscuro,

hallé mi paz,

Un rincón para el alma,

sin luz, sin faz.

Oculto en el silencio,

de nadie visto,

Viví un secreto,

en laberinto místico.

Con muros de temores,

fui constructor,

Ladrillo a ladrillo,

escondiendo el dolor.

Secretos guardados,

bajo sombra espesa,

Ecos de alegrías,
que el alma desea.

Pero en el susurro,

de la soledad,

Una voz me dice,

"no hay que ocultar".

Hablaba de sueños,

de liberar la verdad,

Donde la esencia puede,

sin miedo danzar.

Me aventuré a la luz,

con temor en el pecho,

Con mi verdad en mano,

al mundo desecho.

Las sombras me siguen,

parte de mi ser,

Pero en la luz vi,

mi espíritu renacer.

Cada corazón esconde,

una guerra en silencio,

Donde el yo verdadero,

se guarda con recelo.

Demos un paso al frente,

salgamos de la penumbra,

Y vivamos nuestras verdades,

sin temor que nos alumbra.

Ahora, en la luz,

con las sombras atrás,

Un sendero de verdad,

es lo que hallarás.

En cada paso y palabra,

en valentía sin par,

Me encontré no solo,

sino libre de verdad.

Mientras leía la última línea, un silencio se apoderó de la habitación, un momento de contención colectiva de la respiración.

Regresé a mi asiento, mi corazón aún latía con fuerza, pero sintiéndome liberado. Lo había conseguido. Había compartido una parte de mí misma, aunque oscurecida. Jake me llamó la atención y asintió, un gesto de respeto y, tal vez, de comprensión.

 El poema había sido un pequeño paso, pero se sentía monumental. Era una grieta en la presa que había construido a mi alrededor, un atisbo de luz en la oscuridad.

En casa, encontré a mamá en la sala de estar, con expresión contemplativa. —He oído hablar de la lectura de poesía —comenzó, con voz vacilante—. "Tu poema, cariño... Fue *tan* hermoso". Y me hizo pensar: "¿Hay algo que estés tratando de decirme, Alex?"

Su pregunta flotaba en el aire, un puente entre nosotros que todavía tenía miedo de cruzar. La miré, las palabras luchaban dentro de mí. —Es un poema estúpido, mamá —dije, con la voz apenas susurrando—. Pero en sus ojos, vi una comprensión incipiente, la intuición de una madre.

Esa noche, mientras yacía en la cama, me di cuenta de que las revelaciones veladas de mi poema habían iniciado algo irreversible. Había abierto una puerta, y aunque todavía tenía miedo de atravesarla, la luz del otro lado me hacía señas.

Las mareas de cambio

La luz de la mañana se colaba por mis persianas, proyectando un cálido resplandor sobre mi habitación. A pesar del comienzo pacífico, una sensación de inquietud se agitó dentro de mí. Las secuelas de la lectura de poesía permanecieron en mi mente, cada recuerdo era una ola rompiendo contra la orilla de mis pensamientos.

El camino a la escuela era reflexivo, cada paso contemplaba el camino que había comenzado a recorrer. El poema de confesión velada había puesto en marcha una serie de ondas que no podía controlar. ¿Mis compañeros de clase me verían de manera diferente? ¿Leerían entre líneas y sabrían la verdad con la que todavía estaba lidiando?

Sentí un cambio en el aire cuando entré en los terrenos de la escuela. Los susurros me seguían por los pasillos, los ojos se dirigían en mi dirección con curiosidad y especulación. El poema desencadenó una conversación, y yo estaba en el centro, expuesto y oculto.

En el vestuario, escuché fragmentos de conversaciones, algunas expresando admiración por el coraje de compartir pensamientos tan personales, otras mezcladas con incertidumbre y preguntas tácitas. Mantuve la cabeza gacha, concentrándome en la tarea mundana de organizar mis libros, un pequeño intento de mantener una apariencia de normalidad.

Durante la clase de inglés, la Sra. Thompson me dirigió una mirada cómplice, un gesto silencioso de comprensión y apoyo. Su clase siempre había sido un santuario donde las palabras tenían poder y significado. Hoy, se sentía aún más significativo, un recordatorio de la fuerza que podía encontrar en la expresión.

La hora del almuerzo era un asunto solitario. Encontré refugio bajo el mismo árbol donde había escrito el poema. La sombra proporcionaba un manto reconfortante, una barrera entre las miradas indiscretas del mundo y yo. Reflexioné sobre las reacciones a mi poesía, las variadas interpretaciones y lo que significaban para el viaje que tenía por delante.

La tarde trajo un encuentro inesperado. Jake se acercó a mí, con expresión seria. "Oye, Alex, sobre tu poema..." Se sobresaltó, luego se detuvo, buscando las palabras adecuadas. "Fue poderoso. Me hizo pensar en las cosas, en la comprensión". Sus palabras se apagaron, pero la sinceridad de sus ojos lo decía todo. Fue un momento de conexión, un puente construido sobre la base de la vulnerabilidad compartida.

Al terminar el día, sentí una mezcla de alivio y aprensión. El poema había sido una declaración, aunque enmascarada, de mi agitación interior. Había abierto puertas, algunas conducentes a la comprensión, otras a la incertidumbre. Las mareas de cambio estaban sobre mí, y ya no podía retirarme a la seguridad de las sombras.

En casa, el comportamiento de mamá era amable, sus palabras cuidadosas. "Alex, quiero que sepas que, pase lo que pase, te amo. Cariño, puedes hablar conmigo de cualquier cosa". Su simple pero profunda declaración rompió los muros que había construido a mi alrededor. Las lágrimas brotaron de mis ojos, una mezcla de miedo y gratitud. "Lo sé, mamá... Lo sé —susurré, las palabras eran un pequeño paso hacia la verdad dentro de mí—.

Los acontecimientos del día se arremolinaron en mi mente mientras yacía en la cama horas más tarde. Los susurros, las palabras de Jake, el amor incondicional de mamá. Estaba al borde del cambio, al borde de un nuevo horizonte. El viaje que tenía por delante era incierto, pero por primera vez, sentí un rayo de esperanza, una sensación de que podía navegar por estas mareas y encontrar mi camino hacia una orilla donde podría ser mi verdadero yo.

Susurros de coraje

El amanecer rompió con una paleta de rosas y naranjas suaves, un suave recordatorio de la belleza del mundo en medio de mi agitación interior. Mientras yacía en la cama, sentí el peso de las revelaciones del día anterior oprimiéndome, una mezcla de miedo y coraje recién descubierto entrelazándose dentro de mi corazón.

Caminando hacia la escuela, sentí un cambio en mi percepción. Los susurros y las miradas en los pasillos ya no parecían tan intimidantes. Eran solo ecos de una verdad que poco a poco estaba aprendiendo a aceptar. El poema inició un diálogo dentro de mí y entre mis pares. Era una grieta en la fachada que había mantenido durante tanto tiempo.

En clase, sentí un nuevo sentido de pertenencia. Las reacciones de mis compañeros de clase a mi poema variaron desde sutiles asentimientos de respeto hasta preguntas curiosas, aunque respetuosas. Fue un cambio del aislamiento que había sentido antes, un paso para que me vieran por lo que era.

Me senté con Jake y algunos otros de nuestro grupo de proyecto durante el almuerzo. La conversación fluyó de forma natural, tocando la escuela, los pasatiempos e incluso nuestro proyecto. La presencia de Jake fue reconfortante, sus primeras palabras de apoyo resonaron en mi mente. Me sentí parte de algo por primera vez, no solo un extraño que miraba hacia adentro.

La tarde dio un giro inesperado. La señorita Thompson me pidió que me quedara después de clase. "Alex, tu poema fue muy poderoso", dijo, con un tono cálido y alentador. "Se necesita coraje para expresarse de manera tan auténtica. Si alguna vez hay algo de lo que quieras hablar, aquí estoy". Su oferta fue un salvavidas, un faro de entendimiento en el mar a menudo tumultuoso de la adolescencia.

A medida que se acercaba el día, reflexioné sobre los cambios a mi alrededor. El poema había sido un pequeño acto de valentía, pero sus ondas fueron de gran alcance. Estaba empezando a ver el poder de la honestidad y la vulnerabilidad, la fuerza de la apertura, incluso en las formas más pequeñas.

De vuelta a casa, el ambiente era sutilmente diferente. Las miradas de mamá eran más pensativas, sus palabras más consideradas. Era como si las verdades no dichas entre nosotros se disolvieran lentamente, dando paso a una relación más profunda y abierta. Hablamos de cosas mundanas (el trabajo, la escuela, los planes para el fin de semana), pero la conversación estaba imbuida de un nuevo nivel de sinceridad.

Esa noche, en la soledad de mi habitación, volví a sacar mi cuaderno. Las páginas en blanco parecían ahora menos desalentadoras, más atractivas. Empecé a escribir metáforas y verdades veladas, crudas y sin filtros. Fue un susurro de coraje, un testimonio de mis cambios.

Mientras me quedaba dormida, me di cuenta de que este viaje no se trataba solo de revelar mi verdad a los demás, sino también de aceptarla yo misma. Cada día era un paso hacia esa aceptación, un movimiento hacia un futuro en el que pudiera vivir abierta y auténticamente. El camino por delante estaba decidido, pero ya no caminaba solo.

Sombras emergentes

La mañana me recibió con un cielo nítido y despejado, de esos que insinuaban infinitas posibilidades. Sin embargo, mientras me preparaba para ir a la escuela, una sensación de inquietud persistía en el fondo de mi mente. El viaje en el que me había embarcado mientras liberaba también estaba lleno de nuevos desafíos.

El camino a la escuela fue un momento de reflexión. El poema, mi grito silencioso, había alterado el tejido de mi vida cotidiana. Ya no era solo Alex, el chico callado en el fondo. Había expectativas, curiosidades y una presión tácita para definirme.

En los pasillos de Westridge High, sentí un nuevo tipo de visibilidad. Algunos estudiantes sonreían en solidaridad, otros susurraban, sus miradas eran una mezcla de intriga y aprensión. El cambio en su percepción fue a la vez empoderado y desconcertante.

Durante la clase de inglés, discutimos una novela sobre la identidad y el autodescubrimiento. La discusión se sintió profundamente personal, el viaje de cada personaje reflejaba el mío de alguna manera. Las perspicaces preguntas de la Sra. Thompson provocaron reflexiones reflexivas. Me encontré contribuyendo más de lo habitual, mis palabras mezcladas con la autenticidad de mis propias experiencias.

La hora del almuerzo trajo un encuentro inesperado. Una compañera de clase, Sarah, se acercó a mí. —Alex, tu poema fue valiente —dijo ella, con ojos amables—. "Me hizo pensar en mis luchas". Su confesión fue un recordatorio de que todo el mundo tenía sus batallas, sus verdades ocultas.

La tarde marcó una reunión con Jake para discutir nuestro proyecto. Nuestra conversación se desvió de la tarea que teníamos entre manos a temas más personales. Jake compartió historias sobre su familia y sus aspiraciones, y por un momento, vi un atisbo de sus vulnerabilidades. Fue un desvelamiento mutuo, un paso más allá de las interacciones superficiales.

Mientras caminaba a casa, reflexioné sobre los eventos del día. La apertura que había iniciado me llevó a conexiones más profundas, pero también me trajo una sensación de vulnerabilidad. Las sombras dentro de mí estaban emergiendo, ya no ocultas, pero no del todo comprendidas.

En casa, mamá y yo compartimos una cena tranquila. El aire entre nosotros estaba cargado de preguntas y verdades tácitas. Después, abordó el tema con vacilación. "Alex, quiero que sepas que estoy aquí para ti, sea lo que sea por lo que estés pasando. Nunca estás solo". Sus palabras fueron un bálsamo que calmó la confusión que se estaba gestando dentro de mí.

Esa noche, escribí otro poema, esta vez más introspectivo, explorando los matices de mi identidad emergente. Escribir se había convertido en mi refugio, una forma de navegar por las complejidades de mis emociones y experiencias.

Mientras estaba acostada en la cama, me di cuenta de que este viaje no se trataba solo de salir del armario o declarar mi identidad. Se trataba de entenderme a mí misma, de aprender a navegar por el mundo como la persona que realmente era. Las sombras dentro de mí no eran solo obstáculos, sino también parte de lo que yo era, parte integral de mi historia

Encrucijada del corazón

El día, amanecí con un manto de niebla, cubriendo el vecindario con una luz surrealista y apagada. Cada paso se sentía significativo mientras caminaba hacia la escuela como si estuviera caminando hacia un destino desconocido pero inevitable. Los acontecimientos de las últimas semanas me habían puesto en un camino aterrador pero liberador.

La escuela se sintió diferente ese día. Los pasillos, que antes eran un lugar de silenciosa inquietud, ahora resonaban con mi nueva voz. Las reacciones de mis compañeros de clase a mi continua franqueza variaron: algunos me apoyaron, mientras que otros se mostraron confundidos o distantes. Cada interacción fue un recordatorio del diverso tapiz de la comprensión y aceptación humanas.

En la clase de arte, se nos presentó una tarea única que resonó conmigo a un nivel profundamente personal. Se nos encomendó la tarea de crear una obra de arte que encapsulara nuestra identidad. Este desafío, que llegó en un momento en el que estaba profundamente inmersa en mi viaje de autodescubrimiento, me pareció especialmente significativo. Fue una oportunidad para traducir mi mundo interno a una forma tangible, para expresar a través de colores y formas lo que las palabras a menudo luchaban por transmitir.

Después de mucha contemplación, decidí crear una pintura abstracta. Esta elección me permitió la libertad de representar la naturaleza compleja y a menudo intangible de mis experiencias. De pie frente al lienzo en blanco, sentí emoción y aprensión. Ahora era algo más que un proyecto artístico; Era un diario visual de mi viaje.

Comencé con un remolino de colores, cada tono elegido con intención. Los azules profundos representaban los períodos de introspección y melancolía, momentos en los que me sentía perdido en las profundidades de mis pensamientos. Amarillos y naranjas más brillantes emergieron como símbolos de los momentos de claridad y felicidad, estallidos de alegría y comprensión que marcaron mi viaje. Las rayas rojas capturaron la cruda intensidad de mis luchas, el dolor y la pasión que fueron parte integral de mi crecimiento.

La pintura evolucionó orgánicamente; Una danza de pincel y color reflejaba el caos y la armonía de mi vida. Dejé que mis emociones guiaran cada trazo, cada mezcla de colores representaba las diferentes facetas de mi identidad. Los tonos más oscuros se entrelazaron con los más claros, ilustrando cómo mis desafíos se habían entrelazado con mis triunfos para crear la persona en la que me estaba convirtiendo.

Mientras trabajaba en la pintura, el proceso me pareció catártico. Cada movimiento del pincel era una liberación, una forma de soltar las emociones que se habían hinchado dentro de mí. El lienzo se convirtió en un testimonio de mi viaje, una mezcla de confusión y belleza, miedo y coraje, duda y esperanza. Era una narración visual de mi camino desde las sombras hacia la luz.

Cuando terminé la pintura, di un paso atrás. La variedad de colores y formas que tenía ante mí era algo más que una simple tarea; Reflejaba mi alma, una expresión vibrante y honesta de la miríada de experiencias que me habían formado. La obra de arte era una declaración de mi identidad, una declaración audaz de quién era y aspiraba a ser.

En ese momento, de pie frente a mi creación, sentí una profunda conexión con mi arte. Era como si el lienzo sostuviera un pedazo de mí, un mosaico colorido del viaje de mi vida. La pintura no era sólo una representación abstracta; Era un pedazo de mi historia, un eco visual de mi camino y del viaje que aún tenía por delante.

La hora del almuerzo de ese día se desarrolló de una manera inesperada pero profundamente significativa. Sarah se unió a mí mientras yo estaba sentada en la bulliciosa cafetería, con un sentido de propósito en su comportamiento. Un aire de seriedad en ella despertó mi curiosidad, un cambio notable con respecto a su habitual presencia alegre.

Cuando se sentó, vaciló momentáneamente, ordenando sus pensamientos. Luego, con una respiración profunda, comenzó a compartir sus luchas con la identidad. Sarah habló de sus desafíos y de los conflictos internos y las incertidumbres que habían ensombrecido su viaje. Sus palabras me impregnaron de una vulnerabilidad que no había visto antes en ella.

Habló de cómo mi poema había tocado una fibra sensible en ella, resonando profundamente con sus experiencias. Era como si las palabras que había escrito hubieran reflejado sus pensamientos y sentimientos, dando voz a las batallas silenciosas que había estado librando. Sarah expresó cómo el poema le había proporcionado una sensación de consuelo, una comprensión de que no estaba sola en sus luchas.

Mientras hablaba, pude sentir el peso de sus palabras, cada una cargada de las emociones que había ocultado durante mucho tiempo. Sus ojos, por lo general llenos de risa, ahora tenían un sentimiento profundo que hablaba de su agitación interior. Fue un duro recordatorio del poder de compartir la verdad de uno, de cómo nuestras propias historias pueden tocar la vida de los demás de maneras que nunca comprenderíamos por completo.

En ese momento, nuestra amistad se profundizó, trascendiendo los lazos habituales de camaradería. Ya no éramos solo amigos compartiendo el almuerzo; Éramos dos individuos que conectaban profundamente, nuestras vulnerabilidades mutuas estaban al descubierto. La conversación se convirtió en un espacio de comprensión mutua y empatía, un refugio donde podíamos compartir nuestras verdades sin temor a ser juzgados.

Mientras Sarah continuaba, escuché atentamente, ofreciéndole apoyo y comprensión. Nuestra conversación fue una delicada danza de toma y daca, compartiendo experiencias y emociones que tejieron un hilo más fuerte entre nosotros. Fue una comprensión poderosa: que podíamos encontrar fuerza y conexión al compartir nuestras vulnerabilidades.

La campana del almuerzo finalmente sonó, señalando el final de nuestro tiempo juntos, pero el impacto de nuestra conversación persistió. Cuando nos separamos para dirigirnos a nuestras clases, hubo un reconocimiento silencioso del vínculo que habíamos forjado, fortalecido por el coraje de ser abiertos y auténticos. La inesperada conversación con Sarah se había convertido en un momento crucial, un testimonio del poder transformador de las experiencias compartidas y la belleza de encontrar puntos en común en nuestro viaje humano.

En casa, encontré a mamá esperándome. Parecía ansiosa, sus manos retorcían un paño de cocina distraídamente. "Alex, por favor, siéntate. Tenemos que hablar", dijo, con la voz entrecortada por la preocupación y el amor. Nos sentamos a la mesa de la cocina, donde ocurrieron muchas de nuestras conversaciones más honestas.

"He estado pensando mucho en lo que has estado pasando", comenzó, sus ojos se encontraron con los míos. "Y quiero que sepas que estoy aquí para ti, pase lo que pase. Alex, eres mi hijo y te amo incondicionalmente". Sus palabras fueron un faro en la oscuridad, una señal de apoyo y amor inquebrantables.

Mis ojos se llenaron de lágrimas cuando finalmente expresé la verdad que había estado conteniendo. "Mamá... Soy gay", le dije. Extendió la mano hacia el otro lado de la mesa, tomando mis manos entre las suyas, su tacto cálido y tranquilizador. En ese momento, me quité un peso de encima, una carga que había llevado durante demasiado tiempo.

Esa noche me acosté en la cama con una sensación de paz que me envolvía. El viaje estaba lejos de terminar, pero había cruzado un umbral significativo. Estaba aprendiendo a navegar por la encrucijada de mi corazón, encontrando mi camino a través de las sombras hacia un lugar de autoaceptación y amor.

La luz del entendimiento

Al día siguiente, una suave brisa anunció el comienzo del cambio y me despertó. Acostada en la cama, podía sentir los restos de la conversación de la noche anterior con mamá en el aire, una mezcla de alivio y nueva comprensión.

El camino a la escuela fue diferente ese día. Me sentí más ligero, sin la carga del secreto que había guardado durante tanto tiempo. Salir del armario con mamá había sido una de las cosas más difíciles que había hecho en mi vida, pero su aceptación y amor me habían dado una nueva sensación de fuerza.

Al entrar en la escuela, noté los cambios sutiles en la forma en que mis compañeros de clase interactuaban conmigo. La noticia de mi salida del armario se había difundido, y aunque algunos estudiantes se sentían incómodos o no estaban seguros de cómo reaccionar, muchos se acercaron a mí con palabras de apoyo y amabilidad. Fue un testimonio del poder de la honestidad y la capacidad de empatía en los demás.

En las clases, participé más, involucrándome con las lecciones con un renovado sentido de propósito. La carga de esconderme a menudo me había dificultado sumergirme por completo en mis estudios. Aun así, me siento libre de expresar mis pensamientos e ideas sin miedo.

La hora del almuerzo trajo una nueva experiencia. Me reuní con Jake y algunos otros en una mesa, la conversación era ligera y estaba llena de risas. La naturaleza tranquila de Jake me hizo sentir bienvenido y, por primera vez en mucho tiempo, sentí que pertenecía.

La tarde fue una continuación de esta nueva normalidad. En la clase de inglés, la Sra. Thompson nos dio la tarea de escribir un ensayo sobre un desafío personal que habíamos enfrentado. El tema me pareció increíblemente relevante, y sabía que tomaría nota de mi viaje de autoaceptación. Fue una oportunidad para reflexionar sobre mis experiencias y mi crecimiento.

Después de la escuela, me reuní con Sarah. Nos habíamos hecho amigos, unidos por nuestras experiencias compartidas y el entendimiento que había crecido entre nosotros. Hablamos de nuestras esperanzas y miedos, y me di cuenta de lo importante que era tener a alguien que entendiera, alguien con quien compartir el viaje.

En casa, mamá y yo hablábamos más abiertamente que nunca. Discutimos planes para el futuro, mis esperanzas para la universidad e incluso mis pensamientos sobre las citas. Fue una conversación llena de amor y respeto mutuo, muy lejos de nuestros cautelosos intercambios.

Esa noche, mientras trabajaba en mi ensayo en inglés, reflexioné sobre los cambios en mi vida. Salir del armario no resolvió todos mis problemas, pero me permitió afrontarlos con una nueva perspectiva. La luz de la comprensión, tanto de dentro como de los que me rodeaban, había iluminado mi camino, dispersando las sombras que una vez habían parecido tan desalentadoras.

Mientras estaba acostada en la cama esa noche, me di cuenta de que este viaje no se trataba solo de salir del clóset, sino de entrar en mí misma. Se trataba de navegar por la vida de manera auténtica y encontrar el coraje para enfrentar el mundo como mi verdadero yo. El camino por delante aún era incierto, pero por primera vez, me sentí listo para enfrentarlo.

Nuevos Horizontes

El sol de la mañana entraba a raudales por mi ventana, proyectando una luz cálida y dorada que parecía llenar la habitación de esperanza. Me desperté con anticipación, una sensación que hoy marcó un paso más en mi viaje. Las semanas anteriores habían sido un torbellino de cambios, y ahora estaba empezando a ver el camino ante mí con más claridad.

Mientras caminaba hacia la escuela, no pude evitar reflexionar sobre cuánto había cambiado desde el comienzo del año escolar. Ya no era solo el chico callado que se guardaba para sí mismo. Mis compañeros de clase ahora me veían bajo una nueva luz, y sentí una sensación de inclusión que había estado ausente antes.

En los pasillos de Westridge High, noté la diferencia en la forma en que la gente interactuaba conmigo. Hubo sonrisas, asentimientos de reconocimiento e incluso conversaciones con estudiantes con los que nunca había hablado. Era como si salir del armario me hubiera abierto las puertas a un mundo del que siempre había formado parte, pero que nunca había abrazado del todo.

Durante la clase, me sentí más comprometida que nunca. Las discusiones, los proyectos e incluso las tareas mundanas parecían imbuidas de un nuevo significado. No solo estaba aprendiendo académicamente; Estaba descubriendo sobre la vida, la belleza de la diversidad y la fuerza de ser fiel a uno mismo.

En el almuerzo, Jake me invitó a unirme a él y a sus amigos. Sentada con ellos, me di cuenta de lo mucho que me había estado perdiendo al ocultar mi verdadero yo. La risa, la camaradería y la simple alegría de ser parte de un grupo fue una experiencia nueva para mí, una que aprecié.

Me sorprendió cuando la Sra. Thompson me llevó a un lado después de clase esa tarde. "Alex, he notado un cambio notable en ti", dijo. "Tus ideas... Es maravilloso verte llegar a ser uno mismo". Sus palabras validaron el crecimiento que había experimentado, un reconocimiento a mi viaje.

Después de la escuela, me reuní con Sarah. Nuestra amistad se había convertido en uno de los aspectos más importantes de mi vida. Compartimos nuestros pensamientos, nuestros miedos y nuestros sueños. En estas conversaciones, encontré un sentido de solidaridad, un recordatorio de que no estaba sola en mi viaje.

De vuelta a casa, el ambiente era más ligero y abierto. Mamá y yo nos habíamos acercado más, nuestras conversaciones no se veían obstaculizadas por las barreras que alguna vez se interpusieron entre nosotros. Hablamos sobre el futuro y mis planes universitarios, y ella escuchó con un oído comprensivo y amoroso.

Esa noche, pensé en los cambios en mi vida. Un sentido de esperanza y posibilidad reemplazó ahora el miedo y la incertidumbre que una vez habían dominado mis pensamientos. Salir del armario había sido un paso monumental, pero era solo el comienzo de un viaje más significativo.

Mientras me quedaba dormido, imaginé el nuevo horizonte que tenía por delante. Estaba lista para explorar y descubrir más sobre mí misma y el mundo. Las sombras de mi pasado seguían siendo parte de mí, pero ya no me definían. Estaba entrando en la luz, listo para enfrentar el futuro.

Ecos del pasado

La mañana estaba nublada, las nubes colgaban bajas como si reflejaran la complejidad de mis pensamientos. Acostado en la cama, contemplé el viaje que había emprendido, los altibajos que me habían traído a este punto. Si bien muchas cosas habían cambiado, todavía había ecos del pasado que persistían, recordatorios de mis luchas.

Caminando a la escuela, reflexioné sobre las relaciones que me habían formado. Mi amistad con Sarah, mi comprensión con Jake y mi nueva apertura con mamá fueron pilares de apoyo. Sin embargo, una parte de mí todavía luchaba con las sombras de mi antiguo yo, los tiempos de soledad y secreto.

En los pasillos de Westridge High, sentí un sentido de pertenencia, pero un sutil recordatorio del aislamiento que una vez había experimentado. Las sonrisas y los saludos de los compañeros de clase contrastaban marcadamente con los días en que había caminado por estos pasillos sin ser notado, envuelto en mis miedos.

Durante las clases, participaba activamente, pero mi mente a menudo vagaba hacia los años de silencio que había soportado. La libertad de expresarme fue liberadora, pero también me trajo una sensación de pérdida por el tiempo que pasé escondida en las sombras.

La hora del almuerzo fue una mezcla de risas y conversaciones significativas. Sentada con Jake y nuestros amigos, no pude evitar pensar en lo diferente que se había vuelto mi vida. Había consuelo en esta nueva normalidad, pero también me hizo reflexionar sobre el viaje que muchos otros como yo tuvieron que tomar, cada uno con sus desafíos y miedos.

Esa tarde, en la clase de inglés, mientras discutíamos una novela sobre la transformación personal, me identifiqué profundamente con el viaje del protagonista. Reflejó mi camino, lleno de momentos de duda y triunfo.

Después de la escuela, me reuní con Sarah. Discutimos nuestros planes para el futuro, pero la conversación se centró gradualmente en nuestras experiencias pasadas. Al compartir nuestras historias, encontramos consuelo en nuestro entendimiento mutuo. Nos recordó lo lejos que habíamos llegado y las batallas que libramos para estar donde estábamos.

En casa, pasaba tiempo con mamá. Nuestra conversación fue ligera, pero había un trasfondo de emociones más profundas. Ambos habíamos cambiado y crecido a lo largo de este viaje. Nuestro entendimiento tácito era un testimonio del vínculo que habíamos forjado a través de la honestidad y la aceptación.

Esa noche, mientras trabajaba en un proyecto personal, reflexioné sobre los ecos del pasado. Eran un recordatorio de dónde había estado y una medida de la distancia que había recorrido. Las sombras que antes me habían parecido tan desalentadoras ahora eran solo una parte de mi historia, un capítulo de una vida que aún se estaba escribiendo.

Acostada en la cama, me di cuenta de que mi viaje era algo más que salir del armario. Se trataba de llegar a un acuerdo con todas las partes de mí mismo, la luz y la oscuridad. Fue un proceso continuo de descubrimiento, de aprender a abrazar la totalidad de lo que yo era.

Un paso adelante

El día era hermoso: un amanecer suave, sus matices pintaban el cielo con matices de esperanza y promesa. Mientras estaba acostado en la cama, sentí una sensación de anticipación. El evento importante de hoy: el concurso anual de talentos de la escuela. Había decidido participar, lo que hubiera sido impensable hace solo unos meses.

El camino a la escuela fue una mezcla de nervios y emoción. El concurso de talentos fue más que una actuación; era una declaración de mi nueva confianza, un testimonio del viaje en el que me había embarcado. Iba a recitar un poema que había escrito y que capturaba la esencia de mis experiencias.

El rumor sobre el concurso de talentos era palpable cuando entré a la escuela. Los estudiantes hablaron sobre sus actos, practicando en los rincones y el aire cargado de creatividad y expresión colectiva. Era una atmósfera vibrante de la que ahora me sentía parte.

Me resultaba difícil concentrarme en mis clases, mis pensamientos se dirigían continuamente al evento de la noche. El apoyo de mis amigos, especialmente Jake y Sarah, fue una fuente de fortaleza. Me animaron, sus palabras reforzaron mi determinación.

La hora del almuerzo fue una ráfaga de preparativos de última hora. Jake, Sarah y algunos otros de nuestro grupo se reunieron para animarse mutuamente. Compartimos nuestras ansiedades y emoción, cada uno saliendo de nuestra zona de confort.

La tarde parecía pasar a trompicones, cada tictac del reloj resonaba en mis oídos. Mi corazón latía con una mezcla de aprensión y entusiasmo. El poema que recitaba no era solo un conjunto de palabras; Era un pedazo de mi alma, una narración de mis luchas y triunfos.

Al terminar la jornada escolar, comenzaron los preparativos para el concurso de talentos. El auditorio bullía de actividad y me sentí parte de algo especial. Este evento celebró la diversidad y el talento, un reflejo de las historias únicas que cada uno de nosotros llevó.

Entre bastidores, la energía nerviosa era casi tangible. Cuando llegó mi turno de actuar, respiré hondo, subí al escenario y me enfrenté al público. Las luces brillaban y el auditorio se llenó de rostros expectantes. Comencé a recitar mi poema, cada palabra resonaba con mi viaje. Las líneas hablaban de sombras y luz, miedo y coraje, y un camino hacia la autoaceptación.

Cuando terminé, la sala estalló en aplausos. El sonido era abrumador, no solo por la actuación sino por lo que representaba. Había compartido un pedazo de mí mismo, y la aceptación y el aprecio de la audiencia fueron afirmativos.

Después del espectáculo, los comentarios fueron abrumadoramente positivos. Amigos y compañeros de clase me felicitaron, sus palabras fueron sinceras y alentadoras. Jake y Sarah estaban radiantes de orgullo. "Estuviste increíble, Alex", dijo Sarah. —Has llegado muy lejos —añadió Jake, con una amplia sonrisa—.

Mientras estaba acostado en la cama esa noche, reflexioné sobre el significado del día. El concurso de talentos había sido un hito, un marcador de mi crecimiento y una celebración de mi identidad. Había dado un paso adelante, aceptándome a mí misma y compartiendo mi verdad con el mundo.

Reflejos en la luz

La mañana después del concurso de talentos amaneció brillante y clara, como si reflejara el cambio en mi vida. Acostado en la cama, repetí los eventos de la noche anterior en mi mente. Los aplausos, las sonrisas de apoyo, la sensación de liberación, todo se sentía como un sueño, pero era maravillosamente auténtico.

Caminando a la escuela, sentí una sensación de logro. El poema que había compartido era algo más que palabras; Fue una declaración de mi viaje, un testimonio de mi crecimiento. Una vez envuelto en sombras, mi camino iluminó la luz de la comprensión y la aceptación.

El aire de respeto y admiración era nuevo cuando entré en la escuela. Tanto los profesores como los alumnos me felicitaron por mi actuación. El poema resonó en muchos, provocando conversaciones sobre la identidad, la valentía y ser fiel a uno mismo.

En mis clases, sentí un nuevo sentido de pertenencia. Los muros que había construido a mi alrededor se habían derrumbado, y en su lugar había un puente que me conectaba con los que me rodeaban. Mis contribuciones a las discusiones fueron realmente interesantes, y me sentí valorado por mi perspectiva.

Durante el almuerzo, me senté con Jake, Sarah y amigos. El ambiente era ligero, lleno de risas y se compartían historias. Jake se volvió hacia mí: "Alex, tu poema fue increíble. Tienes un verdadero talento". Sus palabras, sinceras y alentadoras, me llenaron de calidez.

La tarde fue la continuación de este nuevo capítulo en mi vida. En cada clase e interacción, me sentí más presente y comprometida. Un sentido de propósito y confianza reemplazó el miedo que una vez me había frenado.

Después de la escuela, Sarah y yo pasamos tiempo reflexionando sobre nuestros viajes. —Sigo diciendo esto, pero has llegado muy lejos, Alex —dijo, con la voz teñida de orgullo—. "Los dos lo hemos hecho". Era cierto: ambos habíamos recorrido caminos llenos de desafíos, pero salimos más robustos y seguros de nosotros mismos.

En casa, el orgullo de mamá era evidente. —Me enteré de tu actuación, Alex —sonrió—. "Eras la comidilla de la escuela. ¡Estoy muy orgullosa de ti!" Compartimos un momento de alegría, celebrando los hitos que había alcanzado.

Esa noche, pasé tiempo a solas en mi habitación, reflexionando sobre los cambios en mi vida. El poema que había compartido fue un catalizador, un punto de inflexión en mi viaje. No solo me había aceptado a mí misma, sino que también había encontrado aceptación en el mundo que me rodeaba.

Mientras estaba acostada en la cama, me di cuenta de que mi historia no se trataba solo de salir de las sombras. Se trataba de abrazar cada parte de mí misma, la luz y la oscuridad, y encontrar el coraje para compartir esa verdad con el mundo. El camino por delante estaba lleno de incógnitas, pero estaba lista para enfrentarlas con un corazón abierto y una visión clara.

Olas de cambio

El aire del martes por la mañana era fresco, un comienzo refrescante para un día lleno de potencial. Mientras me dirigía a la escuela, reflexioné sobre los cambios recientes en mi vida. Cada paso se sentía como un testimonio de mi viaje, un viaje de las sombras a la luz.

Al llegar a la escuela con las sonrisas y los saludos ahora familiares, el sentido de pertenencia era algo que todavía me maravillaba, un marcado contraste con los días de caminar por estos pasillos envueltos en soledad.

En mis clases, me involucré con un nuevo vigor, y mis contribuciones reflejaban la confianza que había ganado. Las discusiones, especialmente en inglés y arte, habían adquirido nuevas profundidades, explorando temas de identidad y autoexpresión que resonaron profundamente en mí.

La hora del almuerzo era una oportunidad para conectarse con amigos. Sentados con Jake, Sarah y algunos otros, nuestras conversaciones abarcaron una variedad de temas. Durante estos momentos, me sentí más contenta, rodeada de personas que me aceptaban y me entendían.

Durante la clase de gimnasia, algunos estudiantes comentaron de improviso sobre mi poema y mi salida del armario. Aunque no eran abiertamente hostiles, sus palabras me dolían, recordándome que la aceptación no era universal. Sentí una punzada del viejo miedo, pero fue rápidamente reemplazado por la fuerza que había cultivado. Elegí no involucrarme, dándome cuenta de que sus opiniones no definían mi autoestima.

Después de la escuela, tuve una conversación sincera con Sarah. Discutimos el incidente en la clase de gimnasia, y ella ofreció empatía y perspectiva. —Has demostrado mucho coraje, Alex —dijo—. "No dejes que la ignorancia de nadie apague tu luz". Sus palabras reforzaron mi determinación, recordándome mi progreso.

En casa, encontré consuelo en el apoyo silencioso de mi familia. Los sutiles gestos de comprensión de mamá y la forma en que escuchaba y ofrecía aliento eran pilares de fortaleza. Nuestro hogar se había convertido en un santuario donde podía ser yo mismo sin reservas.

Mientras estaba sentada en mi habitación esa noche, reflexioné sobre el flujo y reflujo de la aceptación. Mi viaje no se trataba solo de encontrar mi lugar en el mundo, sino también de aprender a navegar las olas del cambio, tanto las altas como las bajas.

Mientras escribía en mi diario antes de acostarme, escribía sobre las experiencias del día, capturando triunfos y desafíos. Era una forma de procesar mis pensamientos, de reconocer y apreciar el complejo tapiz de mi vida.

Acostado en la cama, pensé en el futuro. Sabía que habría más desafíos y olas que montar, pero también aprendí que tenía la fuerza para enfrentarlos. Cada experiencia, ya sea positiva o negativa, era parte de mi crecimiento, una parte del viaje que me estaba formando en lo que quería ser.

Ondas de comprensión

El amanecer de un nuevo día trajo una mezcla de aprensión y optimismo. Mientras caminaba hacia la escuela, reflexioné sobre el delicado equilibrio de mi nueva realidad: la aceptación que había encontrado y los focos de resistencia que aún salían a la superficie.

El día escolar comenzó con un sentido de rutina, pero había una corriente de cambio debajo de la superficie. En mis interacciones, encontré un nivel más profundo de compromiso. Mis compañeros de clase parecían más abiertos y dispuestos a entender diferentes perspectivas, incluida la mía.

Durante un proyecto grupal en la clase de historia, me encontré trabajando junto a Mark, uno de los estudiantes que había hecho comentarios durante la clase de gimnasia. Hubo una incomodidad inicial, pero el respeto mutuo comenzó a formarse a medida que profundizábamos en la tarea. Fue un pequeño puente construido, un testimonio de la posibilidad de cambio.

La hora del almuerzo fue una amalgama de risas y discusiones significativas. Jake y Sarah fueron mis anclas, su apoyo inquebrantable. Hablamos del futuro, de nuestras aspiraciones y de nuestros miedos. Fue en estos momentos de sueños e incertidumbres compartidos que nuestro vínculo se fortaleció.

Para mi sorpresa, la Sra. Thompson anunció un proyecto de clase sobre narrativas personales, animándonos a explorar nuestras propias historias. La asignación resonó profundamente en mí; Fue una oportunidad para profundizar en los matices de mi viaje y compartirlo de una manera nueva.

Después de la escuela, pasé tiempo con Jake; Nuestra amistad se ha convertido en un pilar de mi sistema de apoyo. Hablamos de todo, desde la escuela hasta los intereses personales, y la conversación fluyó fácilmente. Tener una amiga con la que podía ser yo misma, sin filtros ni miedos, fue refrescante.

En casa, discutí el proyecto narrativo personal con mamá. Escuchó atentamente, ofreciendo ideas y aliento. Fue una conversación colaborativa que puso de manifiesto lo mucho que había evolucionado nuestra relación. Su apoyo fue una luz que me guió, ayudándome a navegar a través de las complejidades de mi historia.

Esa noche, cuando comencé a esbozar mi narración, me encontré reflexionando sobre el viaje que había emprendido. Los desafíos, las victorias, los momentos de duda y los triunfos fueron parte integral de mi historia. Escribirlo fue como tejer los hilos de mis experiencias en un tapiz de comprensión.

Mientras estaba acostado en la cama, pensé en las ondas de comprensión que habían emanado de mi viaje. El camino por delante aún era incierto, pero estaba aprendiendo a abrazarlo con el corazón abierto y un espíritu resiliente.

En la encrucijada

El día de hoy comenzó con una tensión inusitada, un preludio de los importantes acontecimientos que se desarrollarían. Mientras caminaba hacia la escuela, sentí una sensación de determinación mezclada con aprensión, consciente de que el día de hoy traería desafíos que podrían poner a prueba mi progreso.

Una sensación de inquietud persistió en el aire durante la primera mitad del día: mis interacciones con compañeros de clase y maestros marcadas por una atención distraída. La anticipación de la presentación narrativa personal en la clase de la Sra. Thompson pesaba mucho en mi mente.

La hora del almuerzo fue un breve respiro que pasamos con Jake y Sarah. Hablábamos de las cosas habituales —la escuela, los planes de fin de semana, asuntos triviales—, pero debajo de la conversación informal, había una corriente de apoyo, un reconocimiento silencioso del reto que teníamos por delante.

Llegó la tarde, y con ella, el momento que había estado temiendo y esperando. A medida que los estudiantes comenzaron a presentar sus narrativas en la clase de inglés, sentí un nudo creciente en el estómago. Cada historia compartida fue una ventana a la vida de mis compañeros de clase, algunos llenos de luchas, otros de triunfos.

Luego me tocó a mí. Me puse de pie, con el corazón latiendo con fuerza, y caminé hacia el frente de la clase. La habitación se quedó en silencio, todas las miradas estaban puestas en mí. Respiré hondo y comencé a compartir mi narrativa, una historia de sombras y luces, miedo y coraje, y un viaje hacia la autoaceptación.

A medida que hablaba, mi voz se hacía más fuerte, mis palabras más seguras. Hablé sobre mis luchas con mi identidad, el dolor de esconderme, la liberación de salir del armario y el viaje de aceptación en el que todavía estaba. La clase escuchó atentamente, y en sus ojos, no vi juicio, sino comprensión, tal vez incluso admiración.

Cuando terminé, hubo un momento de silencio, un procesamiento colectivo de la historia que había compartido. Luego, lentamente, los aplausos llenaron la sala. Fue un reconocimiento de mi vulnerabilidad y fortaleza, un reconocimiento de mi viaje compartido.

El resto del día se sintió borroso. Mi presentación despertó algo tanto en mis compañeros como en mí. Se sucedieron conversaciones, algunas curiosas, otras profundamente empáticas. Fue un punto de inflexión, un momento en el que realmente sentí el impacto de mi propia historia.

En casa, compartí los eventos del día con mamá. Sus ojos se llenaron de lágrimas mientras escuchaba, y su abrazo posterior transmitió orgullo y amor. —Eres muy valiente, Alex —dijo ella, con la voz llena de emoción—. "Estoy muy orgullosa de ti".

Mientras yacía en la cama esa noche, pensé en la encrucijada a la que había llegado. El viaje en el que me había embarcado me había llevado a este punto, a un lugar de mayor comprensión y aceptación, tanto por parte de los demás como dentro de mí mismo. Las sombras de mi pasado seguían siendo parte de mí, pero ya no me definían. Avanzaba, armado con las lecciones que había aprendido y la fuerza que había ganado.

Armonía del Ser

La luz de la mañana se filtraba a través de mi ventana, proyectando un resplandor sereno sobre mi habitación. Me quedé allí momentáneamente, disfrutando de la calma que se había apoderado de mí. Los acontecimientos del día anterior habían marcado un punto de inflexión, y ahora estaba en la cúspide de una nueva comprensión de mí mismo.

Mientras caminaba hacia la escuela, sentí una sensación de paz. Una tranquila confianza reemplazó a la energía ansiosa que a menudo había acompañado mis mañanas. La aceptación y la empatía que había recibido después de compartir mi narrativa habían afirmado mi lugar en este mundo.

La jornada escolar se desarrolló con una sensación de normalidad, pero había un trasfondo de cambio. Una nueva facilidad marcó mis interacciones con los compañeros de clase. Hubo un reconocimiento tácito de mi viaje compartido, lo que creó un puente de entendimiento entre nosotros.

Durante el almuerzo, me senté con Jake y Sarah, y nuestra conversación fue una mezcla de bromas alegres y discusiones más profundas. Nuestra amistad se había profundizado y estaba agradecido por su apoyo inquebrantable. Fue en estos momentos de conexión cuando me sentí más arraigada.

Las clases de la tarde pasaron rápidamente. En cada lección, me encontraba más comprometida y más presente. Las barreras que una vez me habían frenado ahora eran solo peldaños en mi camino. Estaba aprendiendo a abrazar cada parte de mi experiencia, integrándola en lo que me estaba convirtiendo.

Después de la escuela, caminé por el parque, tomándome el tiempo para reflexionar sobre mi viaje. El camino, antes tan desalentador, ahora parecía lleno de oportunidades. Los desafíos a los que me había enfrentado no solo me habían moldeado, sino que también me habían abierto las puertas a nuevas posibilidades.

En casa, mamá y yo tuvimos una conversación sincera. Hablamos de mi futuro, de la universidad y de los sueños que tenía. Fue una discusión llena de esperanza y emoción. Su fe en mí fue una fuente de fortaleza, un recordatorio de lo lejos que había llegado.

Mientras trabajaba en un nuevo poema esa noche, sentí una armonía dentro de mí. Las palabras fluían libremente, un reflejo de mi paz interior. Escribir se había convertido en una forma de expresar mi verdad, una verdad que ahora era abrazada por quienes me rodeaban.

Mientras estaba acostado en la cama, me di cuenta de que un solo capítulo no definía mi historia. Era un mosaico de experiencias, cada pieza contribuía al conjunto. La armonía que sentí fue la resolución de mis luchas y la aceptación de todo mi ser: la luz, las sombras y todo lo demás.

El camino a seguir

El amanecer del capítulo final de mi año de secundaria llegó con una nostalgia agridulce. Caminando por las calles familiares hacia la escuela, era muy consciente de lo mucho que había cambiado desde que comencé este viaje. Las sombras que una vez habían nublado mi camino ahora eran solo ecos débiles, recordatorios del crecimiento y el autodescubrimiento que había experimentado.

El día escolar estuvo lleno de las actividades típicas de fin de año: firma de anuarios, proyectos finales y despedidas. Cada interacción estaba teñida de la comprensión de que este capítulo de mi vida se estaba cerrando y uno nuevo estaba a punto de comenzar.

En estas últimas horas en Westridge High, reflexioné sobre los momentos que me habían formado. Las dolorosas luchas de ocultar mi verdadero yo, la experiencia liberadora de salir del armario, la aceptación y la comprensión que había encontrado, y las amistades invaluables que me habían apoyado en el camino.

Cuando sonó la campana final, señalando el final del día escolar, sentí una oleada de emociones. Había una sensación de logro, un orgullo por la persona en la que me había convertido. Pero también había una punzada de tristeza por dejar atrás un lugar que había sido testigo de gran parte de mi transformación.

Después de la escuela, me reuní con Jake y Sarah. Hablamos de nuestros planes para el futuro, de la emoción de los nuevos comienzos mezclados con la incertidumbre de lo que nos esperaba. Nuestra amistad, forjada en las pruebas y triunfos de nuestros años de escuela secundaria, era una constante con la que sabía que podía contar.

En casa, mamá y yo compartimos una velada tranquila. Hablamos sobre el viaje que habíamos emprendido juntos, nuestros desafíos y el vínculo inquebrantable que habíamos forjado. Expresó su orgullo por mí, no solo por lo que había logrado, sino por lo que me había convertido. Fue un momento de profunda conexión y gratitud.

Esa noche, escribí la última entrada en mi diario. Fue un reflejo de mi viaje, un testimonio del poder de la autenticidad y el coraje. Escribí sobre mis lecciones, la importancia de abrazar el verdadero yo y la fuerza que se encuentra en la vulnerabilidad.

Al cerrar mi diario, me di cuenta de que mientras terminaba un capítulo, comenzaba otro. El camino hacia adelante no estuvo exento de incertidumbres. Aun así, estaba listo para enfrentarlos con la misma resiliencia y apertura que me habían traído hasta aquí.

Acostado en la cama, pensé en el futuro. Estaba entrando en un mundo lleno de infinitas posibilidades, armada con el conocimiento de que, sin importar los desafíos que pudiera enfrentar, tenía la fuerza para superarlos. El viaje de autodescubrimiento y aceptación fue continuo. Aun así, ahora avanzaba con un corazón lleno de esperanza y un espíritu libre de sombras.

www.ingramcontent.com/pod-product-compliance
Lightning Source LLC
Chambersburg PA
CBHW061131160726
48006CB00036B/1730